Les éditions de la courte échelle inc.

Joceline Sanschagrin

Citadine dans l'âme, mais amateure de calme et d'air pur, Joceline Sanschagrin partage sa vie entre la ville et la campagne. Peut-être à cause de ce besoin constant de bouger, de découvrir et d'apprendre, elle explore très tôt le monde des communications, domaine qu'elle fréquente toujours avec plaisir.

Animatrice, chroniqueure et recherchiste pour la télévision et la radio, elle travaille depuis 1991 à l'émission *275-Allô*, une tribune téléphonique pour les jeunes de 6 à 12 ans diffusée à la radio de Radio-Canada. Elle a collaboré comme journaliste pigiste à plusieurs revues et journaux, fait du théâtre pour enfants dans les écoles et écrit des romans pour les jeunes, dont *La fille aux cheveux rouges*, finaliste du prix du Gouverneur général du Canada en 1989.

Pierre Pratt

Montréal, Toronto, puis Paris, Londres, Barcelone et Tokyo... Grâce à ses illustrations, Pierre Pratt a littéralement parcouru le monde entier. Et s'il a accordé à Lisbonne sa préférence, c'est sans doute à cause de sa gamme de couleurs vives et de tons chauds.

Partout on reconnaît son coup de crayon particulier, dans les dizaines de livres qu'il a illustrés et les affiches qu'il conçoit. Pierre Pratt a obtenu le prix du Gouverneur général et le prix du livre M. Christie, ainsi que plusieurs autres distinctions internationales, dont le prix Unicef de la Foire du Livre de Bologne.

Pierre Pratt est aussi mélomane: en plus de jouer de l'accordéon, il est friand de jazz, d'airs tziganes et, évidemment, de fado portugais.

De la même auteure, à la courte échelle

Collection Roman Jeunesse

Série Wondeur:

Atterrissage forcé
La fille aux cheveux rouges
Le karatéka
Mission audacieuse
Le cercle des magiciens

Joceline Sanschagrin

MISSION AUDACIEUSE

Illustrations
de Pierre Pratt

la courte échelle

Les éditions de la courte échelle inc.

Les éditions de la courte échelle inc.
5243, boul. Saint-Laurent
Montréal (Québec) H2T 1S4

Conception graphique:
Derome design inc.

Révision des textes:
Odette Lord

Dépôt légal, 1er trimestre 1991
Bibliothèque nationale du Québec

Données de catalogage avant publication (Canada)

Sanschagrin, Joceline, 1950-

  Mission audacieuse

  (Roman Jeunesse; 28)

  ISBN 2-89021-156-8

  I. Pratt, Pierre.   II. Titre.   III. Collection.

PS8587.A57M57 1991   jC843'.54   C90-096710-2
PS9587.A57M57 1991
PZ23.S26Mi 1991

Chapitre I
Tiens, mon portrait!

— Vroâwm... Vroâwm... Tchchchfff tcht-tcht!

Comme une mouffette géante, la machine à désinfecter vaporise; l'air devient irrespirable.

— Cochonnerie!... pense Wondeur en se protégeant le nez et la bouche avec son mouchoir.

Autour d'elle, les citadins se mettent à tousser. Ils courent s'abriter en laissant tomber leurs poubelles.

— Vroâwm... Vroâwm.... Tchchchfff tcht-tcht!

Moitié char d'assaut, moitié tracteur, le désinfecteur jaune pivote sur ses chenilles:

— Sorte d'affaire!

Wondeur a juste le temps de se réfugier derrière une palissade. Entre les planches, elle regarde passer la bête de tôle; elle aperçoit son conducteur.

L'homme porte un masque à gaz.

— Vroâwm... Vroâwm....

Le désinfecteur se rapproche. Il longe la clôture et des gouttes pleuvent sur Wondeur; elle rentre la tête dans les épaules:

— Ouache!...

L'averse finie, elle enlève sa casquette de cheminot. Le chapeau est mouillé d'un liquide visqueux bleu turquoise; l'odeur est étrange:

— Poison à mouches et lilas synthétique... analyse Wondeur.

Derrière la palissade, elle surveille l'engin qui tourne le coin. Sur son passage, tout le monde s'essuie; tout le monde éternue.

— Ville de fous... grogne Wondeur qui sent monter sa colère.

Elle a envie de donner des coups de pied et elle parle à voix haute:

— Ville de fous!... Où les déchets passent avant tout! Où on désinfecte le monde comme si c'était un tas de vieilles poub...

Elle se tait: entre leurs oeillères, plusieurs citadins l'observent avec curiosité.

Wondeur essuie sa casquette sur son

pantalon et retrouve son calme:

— Cette ville est de moins en moins vivable. Si je n'avais pas de projet... Si mon père n'habitait pas ici... Il y a long-temps que je serais partie...

Elle remet son chapeau. Elle s'assure que ses cheveux rouges sont parfaite-ment camouflés. Le regard dissimulé par ses oeillères, elle est méconnaissable.

Autour de Wondeur, la ville-dépotoir reprend lentement ses activités. Dans la rue, les camions vidangeurs redémarrent; à la queue leu leu, ils se rendent à l'inci-nérateur.

Revenus de leurs émotions, les cita-dins se mouchent; ils s'épongent les yeux. Ils époussettent leurs vêtements kaki; ils remettent leurs gants et ils s'at-tellent au ramassage des poubelles.

Wondeur traverse la rue et se glisse entre deux camions vidangeurs. Elle en-jambe un évier de porcelaine rose et contourne un vieux matelas. Elle marche sur une batterie d'automobile et croise une cuisinière à gaz. Elle atteint finale-ment le trottoir:

— Je suis en retard pour la réunion...

Wondeur s'engage dans une ruelle

bordée de maisons basses. Elle prend la direction de l'ancien parc d'amusement où habite l'homme au journal. C'est là que se tient la réunion:

— J'ai hâte de compter les signatures...

Depuis plusieurs mois, Wondeur et sa bande font signer une pétition: ils veulent planter des arbres. Mais leur projet ne fait pas l'affaire du maire de la ville; il a déclaré la pétition illégale. C'est pourquoi la fille aux cheveux rouges se cache. Le maire voudrait bien la jeter en prison.

— Tiens, mon portrait! s'exclame Wondeur en apercevant un des avis de recherche que le maire a fait placarder.

Clouée sur le tronc d'un arbre mort, l'affiche est déchirée; du mot RECHER-CHÉE, il ne reste que les cinq dernières lettres. Sous la photo de Wondeur, on a écrit: «12 ans, cheveux rouges, 1,20 m approx.»

À la suite du signalement, on peut lire le texte suivant:

«Signer la pétition contrevient au règlement numéro un de la ville. Selon ce règlement, chaque citoyen doit porter des oeillères et se mêler de ses affaires.

Il est défendu par le maire de signer la pétition, sous peine d'emprisonnement.»

La rue est déserte, et Wondeur en profite; elle arrache ce qui reste de l'affiche:

— Se mêler de ses affaires... Avec un règlement pareil, tout est illégal; même vouloir protéger et planter des arbres...

La fille aux cheveux rouges approche maintenant de l'ancien parc d'amusement. Au-dessus des toits des maisons, elle voit se profiler la grande roue; elle aperçoit la structure des montagnes russes. Elle rêve:

— Je ferais bien un tour de manège...

***

Le parc abandonné comprend deux manèges rouillés et une dizaine de maisonnettes. La moitié de ces baraques sont défoncées; l'herbe pousse sur les perrons. Sous les toits, on entend roucouler des centaines de pigeons.

— On dirait un village, remarque Wondeur, intriguée.

Plusieurs pavillons ont conservé leur enseigne. Malgré les couleurs pâlies, la fille aux cheveux rouges déchiffre les inscriptions:

— LE BATEAU PIRATE... LA CA-
VERNE HANTÉE...

Le gravier des allées craque sous les
pas de Wondeur; elle se dit qu'un fantôme
pourrait bien apparaître. Sur un panneau
moins défraîchi que les autres, elle lit:

— LA GROSSE BONNE FEMME
QUI RIT... D'après mes indications,
l'homme au journal habite trois baraques
plus loin.

Elle s'arrête devant un pavillon peint
en vert bonbon. Il est orné d'une cor-
niche de dentelle de contre-plaqué rose
délavé.

Wondeur ouvre la porte-moustiquaire:

— Iiiiiiinnnngggg...

Elle met le nez dans un minuscule ves-
tibule; le plancher est affaissé. Au fond
du couloir, elle pousse une autre porte:

— Iiiiiiiiiiiinnnnnggggg...

La fille aux cheveux rouges entre dans
le pavillon. Quand ses yeux se sont habi-
tués à la pénombre, elle murmure:

— Sorte d'affaire!

Ébahie, Wondeur se trouve devant
douze répliques d'elle-même. Disposés
en cercle, douze sosies aux cheveux
rouges la regardent; et mettent les mains

sur les hanches en même temps qu'elle. Parfaitement synchronisés, ils reculent d'un pas quand elle recule:

— Des miroirs...

Wondeur joue à se tirer la langue et à se faire des grimaces. Les bras au-dessus de la tête, elle tourne comme une ballerine. Avec ses douze sosies, elle fait des arabesques, des entrechats, des cabrioles...

— Bienvenue chez moi, dit une voix.

La fille aux cheveux rouges se fige: derrière ses douze sosies, douze hommes apparaissent. Douze hommes enlèvent leurs chapeaux et saluent; puis, douze hommes s'avancent vers elle. Quand une main se pose sur son épaule, Wondeur sursaute.

— Je te présente la Galerie des glaces... dit l'homme au journal.

Et il se dirige vers un des miroirs. D'un coup sec, il appuie sur le coin supérieur de la glace; elle s'ouvre comme une porte.

Le journaliste passe et Wondeur le suit. L'un derrière l'autre, ils s'engagent alors dans un couloir tapissé de miroirs déformants:

— Hallucinant... pense la fille aux

cheveux rouges.

Dans les miroirs, à chaque pas, son image se métamorphose.

Wondeur et son guide aboutissent finalement dans une grande pièce. Le karatéka est déjà là, et Wondeur lui saute au cou. Le maître de karaté est heureux de revoir sa fille. Il l'embrasse tendrement sur le front:

— Tu as l'air en forme, lui dit-il.

— Le moral est bon, répond Wondeur.

Elle remarque que son père ne porte pas sa tunique de combat; c'est très rare. Pour traverser la ville-dépotoir incognito, le karatéka s'est accoutré de vêtements kaki; il a mis des oeillères pour la première fois. Et Wondeur le taquine:

— Ça vous plaît?

Elle montre les deux pièces de cuir qui pendent au cou du karatéka.

— Heureusement que c'est pour déjouer le maire, pas pour lui obéir, bougonne le maître de karaté.

La fille aux cheveux rouges sourit; dans le grenier, tout près, on entend roucouler un pigeon.

Le journaliste semble nerveux; il consulte sa montre:

— Les autres ne devraient pas tarder...

De la ceinture de son pantalon, Wondeur sort l'enveloppe de la pétition; elle la dépose sur la table. L'enveloppe s'ouvre, et il s'en échappe une liasse de papiers.

La fille aux cheveux rouges prend la première feuille sur la pile. Elle est tachée, fripée, barbouillée de traces de doigts. Elle est couverte de rangées de signatures de toutes les couleurs. L'en-tête de la page résume tout le projet de Wondeur. Elle le relit:

«Au maire de la ville,

«Nous aimons les arbres, mais leur vie est menacée. L'humanité ne pourra pas survivre si les arbres disparaissent. Nous demandons donc que les chauffeurs de camions de la ville puissent travailler moins vite. Ils pourront ainsi prendre le temps et faire attention, ils ne blesseront plus les arbres.»

Wondeur remet la feuille sur la pile:

— Des arbres, il n'en reste plus que 35 dans la ville... Est-ce qu'on réussira à les sauver? se demande-t-elle tout bas.

Chapitre II
Mon coeur bat
à reculons

Le karatéka sort une liasse de papiers de son sac de cuir; il la dépose à côté de celle de sa fille. À son tour, le journaliste ajoute une pile de feuilles; puis il s'assoit au bout de la table.

— Je n'ai pas pris de vos nouvelles, dit Wondeur en s'installant à côté de lui.

L'homme enlève son chapeau à larges bords; il montre au grand jour sa cicatrice. La balafre est profonde; elle lui traverse la joue:

— Je ne m'habituerai jamais, pense la fille aux cheveux rouges.

Le journaliste esquisse un sourire timide. Un sourire qui fait retrousser sa moustache grise:

— Je vais bien, merci. Et à la serre?

— Ça va aussi. On arrose; les arbres poussent à une vitesse incroyable. Moussa et les deux frères me demandent de vous saluer. Ils auraient bien aimé être ici, répond Wondeur.

Brusquement, la porte de la Galerie des glaces s'ouvre; un petit homme trapu descend lourdement la marche. Wondeur reconnaît alors celui qu'on appelle le guenillou, parce qu'il ramasse des guenilles. Le guenillou est de mauvaise humeur; il retire ses oeillères et les lance sur la table:

— Je suis tombé sur la machine à désinfecter...

Le guenillou transporte un grand sac de toile brune. Il l'essuie avec sa manche; il essaie d'en faire disparaître les gouttes de désinfectant turquoise.

— Cette machine-là, il faudrait la détraquer. Le désinfectant, ça tue les mouches, mais ça rend les humains malades...

Il fait le tour de la table et y dépose ses feuilles de pétition. Après seulement, il salue la compagnie:

— Ça fait plaisir de vous revoir.

Et il s'attable.

— Espérons qu'on aura suffisamment de signatures, souhaite Wondeur.

D'un coup d'oeil, elle évalue la montagne de papiers.

La porte de la Galerie des glaces s'ouvre doucement. Celle qu'on appelle la vieille femme apparaît. Doyenne de la ville-dépotoir, la femme est toute menue dans sa robe bleue. Il émane d'elle une force tranquille.

— Quelle belle journée! dit-elle en entrant.

Elle s'assoit, un peu essoufflée; elle enlève son chapeau de paille. Ses cheveux blancs sont relevés en chignon; elle porte deux fins anneaux d'or à ses oreilles.

Wondeur regarde affectueusement la nouvelle arrivée; elle lui trouve un air fatigué:

— Elle a encore passé la nuit à soigner les arbres... Sans elle, il n'en resterait plus un seul dans la ville.

Wondeur pense que la vieille femme et son père ont le même tempérament:

— Pour eux, les oeillères, pas question...

Devant ces deux rebelles, le maire a capitulé depuis longtemps. Le magistrat connaît la vieille femme depuis qu'il est tout petit; elle a déjà été son professeur et il la craint. Il raconte qu'elle est trop âgée pour qu'on la mette en prison.

Si le père de Wondeur inspire le respect, c'est pour d'autres raisons. Un jour, la police du maire s'est présentée chez le karatéka pour l'arrêter. En poussant un cri terrible, le maître de karaté a désarmé les policiers. Puis, sans jamais lutter contre eux, il les a tenus en échec.

Ses adversaires ont mis longtemps à saisir que le karatéka ne résistait jamais. Il évitait leurs coups. Il n'attaquait pas.

Épuisés, les policiers ont fini par comprendre cette méthode propre aux arts martiaux. Fortement impressionnés, ils sont retournés à la caserne raconter leur aventure. La police du maire refuse maintenant de se battre contre le karatéka.

Wondeur ne peut s'empêcher de sourire en se rappelant cet épisode. Près d'elle, la vieille femme s'informe du moral de ses amis; elle a un bon mot pour chacun.

Au bout de la table, l'homme au journal se lève:

— On a du pain sur la planche... On devrait commencer si on veut finir.

***

Tout le monde a les yeux cernés. Le front appuyé sur la main, Wondeur se concentre une dernière fois; elle refait l'addition d'une longue colonne de chiffres. Elle pose son crayon:

— Nous avons 51 649 signatures, annonce-t-elle, triomphante.

Autour de la table, quatre sourires illuminent quatre visages fatigués.

— La moitié de la ville est avec nous! s'émerveille la vieille femme.

— Le maire n'a plus le choix, il devra nous écouter, déclare le karatéka.

Il est tellement content qu'il fait craquer ses jointures. À ses côtés, le guenillou a l'air de rêver.

— Incroyable... murmure-t-il.

Le journaliste, lui, ne prend pas le temps de commenter. Il se lève et sort d'une armoire une vieille Underwood portative. Il est très fier de sa machine à écrire; il l'installe sur la table:

— Je commence à rédiger un tract. Je le distribuerai tout à l'heure dans les rues de la ville. Il faut absolument annoncer la bonne nouvelle à ceux qui ont

signé la pétition.

— Et le maire, on va le voir quand? s'informe Wondeur.

— Je m'occupe de prendre rendez-vous, dit le guenillou.

L'homme au journal interrompt l'époussetage de sa machine et il suggère:

— On devrait rencontrer le maire à trois...

Tout le monde est d'accord; le journaliste se tourne vers la vieille femme:

— Je propose que vous y alliez avec le karatéka.

Les deux intéressés acceptent d'un signe de tête.

— Et comme troisième personne, je suggère Wondeur, poursuit le journaliste.

La fille aux cheveux rouges hésite.

— On te déguisera, promet la vieille femme.

— Je te protégerai, ajoute le karatéka.

Wondeur pense qu'elle est recherchée et qu'elle risque la prison. Elle répond quand même:

— J'irai.

Le journaliste rassemble les piles de feuilles qui se trouvent sur la table:

— La pétition doit rester en lieu sûr.

Il ferme les volets, puis se dirige vers le fond de la pièce. Devant le dessin d'un paquebot transatlantique, il s'arrête et décroche le cadre. La porte d'un vieux coffre-fort en acier gris apparaît.

Le journaliste tourne les boutons et récite la combinaison:

— Vingt-cinq... sept... quarante-deux...

Après un demi-tour à gauche et deux tours à droite, on entend un déclic. La porte du coffre-fort s'ouvre. Le journaliste y range soigneusement les piles de feuilles. Il referme la porte du coffre.

— Maintenant, il vaut mieux se séparer, dit le karatéka.

À regret, tout le monde acquiesce. Les amis de Wondeur se saluent; un à un, ils quittent la pièce. Ils prennent soin de laisser s'écouler dix minutes entre chaque départ. Avant de laisser partir sa fille, le karatéka la serre dans ses bras:

— On se reverra bientôt...

— C'est promis, répond Wondeur qui n'a pas envie de s'en aller.

Elle sort à son tour de la Galerie des glaces; et entreprend de traverser le parc d'amusement. Mais elle n'a pas fait

quinze pas, qu'elle doit s'arrêter, tellement elle est essoufflée:

— Ah! non...

Une main sur sa poitrine, elle éprouve
de la difficulté à respirer. Elle a l'impression que son coeur bat à reculons.

Wondeur s'assoit sous le porche d'une
des baraques:

— La vieille femme a bien raison...

Elle attend que son pouls ralentisse.
Elle observe distraitement des pigeons
qui picorent:

— Maintenant que j'ai retrouvé mon
père*, j'ai peur de le perdre... Mon coeur
bat à reculons chaque fois que je le
quitte...

Cette idée la rassure:

— Dire que je pensais avoir des trou-
bles cardiaques...

Quand Wondeur a retrouvé son
souffle, elle remonte ses oeillères; elle se
coiffe de sa casquette. À longues enjam-
bées, elle repart vers la serre:

— J'ai hâte d'annoncer la nouvelle de
la pétition...

* Voir *Le karatéka*, chez le même éditeur.

Chapitre III
Moi, j'ai rêvé au maire

Après avoir traversé la ville-dépotoir, Wondeur est contente de retrouver la serre. Une douce lumière verte inonde l'espace; ça sent bon la terre chaude et l'humidité.

La serre est paisible. Alignés en rangées, des centaines d'arbres y poussent dans le plus grand secret; certains mesurent plus d'un mètre, d'autres sont encore minuscules. On y trouve des tilleuls, des chênes, des frênes, des érables, des ormes, des mélèzes, des épinettes, des pins, des genévriers.

Fidèle à son habitude, Wondeur parle aux arbres:

— Bientôt, on va vous transplanter en ville... Il faudra que vous soyez courageux... murmure-t-elle en caressant les rameaux d'un des plus gros.

Au fond, derrière les arbres, elle entend les deux frères se chamailler. Dans le feuillage, elle aperçoit la tignasse blonde de Moussa, son meilleur ami; il a le même âge qu'elle. Penché sur un arbre en pot, le garçon l'arrose soigneusement.

— Frrrrrrrrr!

Un oiseau-mouche vrombit au-dessus des fleurs d'un gardénia;

Wondeur se rappelle:

— Ce plant-là, tout le monde le croyait mort...

Le gardénia avait été mis à la poubelle. Il n'avait plus une seule feuille; on ne pouvait même pas l'identifier. La vieille femme avait examiné ses racines; puis elle l'avait taillé à ras de terre et l'avait rempoté en promettant:

— Il va se remettre, vous verrez...

C'est ainsi qu'au fil des mois, la serre est devenue une sorte d'hôpital. On y soigne les plantes malades, abandonnées.

Mais la serre est aussi un laboratoire; la vieille femme y mène plusieurs expériences. Elle cultive, par exemple, un lierre géant qui grimpe à une vitesse surprenante. Grâce à un système de ventouses, le lierre s'attache; il s'enroule à tout ce qu'il croise sur son chemin.

La vieille femme cultive également

une variété de plante carnivore. Inoffensive pour les humains, cette plante gobe les mouches.

Dès que Moussa aperçoit son amie, il dépose son arrosoir. Comme chaque fois qu'il regarde Wondeur, son visage maigre s'illumine:

— Ça s'est bien passé?

— Très bien, répond la fille aux cheveux rouges.

Attirés par les voix, les deux frères arrivent aussitôt. Ils sont habillés de kaki comme les citadins de la ville-dépotoir.

— Viens voir notre cabane! dit le petit brun frisé.

Le grand tire doucement le petit contre lui pour qu'il se taise. Et il demande à Wondeur:

— On a combien de signatures?

— On approche du but... commence la fille aux cheveux rouges.

Et elle raconte comment la réunion s'est passée. Quand elle termine son récit, le plus grand des frères s'enthousiasme:

— Si cette pétition-là marche, on en fera une autre... Une qui dira qu'on ne veut plus porter d'oeillères!

Moussa est préoccupé:

— Si tu vas rencontrer le maire, il faudra que tu sois super prudente...

***

Le lendemain, le soleil est déjà haut quand la bande se réveille. La serre est comme une fournaise; Moussa court ouvrir les fenêtres pour aérer.

Sur le vieux sofa de velours rouge vin, le plus grand des frères s'étire. À côté, couchée sur un lit de camp, Wondeur bâille à s'en décrocher les mâchoires.

— J'ai rêvé à une locomotive... dit le plus petit des frères en sortant de son sac de couchage.

— Moi, j'ai rêvé au maire... il faisait une crise de nerfs... mais je ne me rappelle plus pourquoi... raconte Moussa.

Wondeur sourit. Elle s'apprête à répondre quand, du plafond, leur parvient un battement d'ailes. Tous lèvent la tête et aperçoivent un pigeon qui virevolte dans le lierre.

— C'est Valentino! s'exclame Moussa.

L'oiseau se pose sur l'épaule de la fille aux cheveux rouges; puis il se perche sur un de ses doigts.

— Il nous apporte un message? demande le plus petit.

Wondeur prend délicatement l'oiseau qui se laisse faire. Dans la bague fixée à sa patte, elle trouve un minuscule morceau de papier:

— Ça doit être de l'homme au journal...

Elle déplie le message et lit à voix haute: «Rendez-vous au phare, demain, onze heures. Le maire a accepté de nous recevoir.»

— Youppi! crient en choeur les trois autres.

***

La fille aux cheveux rouges prend la route du phare. C'est là qu'habite son père; elle a hâte de le revoir.

Protégée par ses oeillères et sa casquette, Wondeur traverse la ville-dépotoir. Il est très tôt. Les travailleurs n'ont pas eu le temps de rassembler les déchets en tas; les ordures sont répandues le long des trottoirs. Ce matin-là, la ville semble plus sale que jamais.

Wondeur considère le désordre des rues: une cuisinière à gaz se cache sous

plusieurs épaisseurs de clôture de broche... une poubelle à pédale flotte dans un congélateur... une tondeuse à gazon dort sur un vieux sommier à ressorts...

Wondeur trouve que la ville n'a pas son air habituel:

— On dirait que tout marche au ralenti...

Elle croise un camion vidangeur stationné au beau milieu d'une avenue. Le conducteur se tient debout, à côté du véhicule:

— En panne, suppose Wondeur.

Mais l'homme ne semble pas contrarié le moins du monde; il a plutôt l'air en vacances. Appuyé à la portière du camion, il fouille dans une boîte de tabac à rouler; il converse avec deux ramasseurs de poubelles:

— Vous avez lu le dernier tract? s'informe-t-il en distribuant du tabac sur un papier à cigarette.

— Euh!... non, fait un des ramasseurs.

Le conducteur prend son temps. Entre le pouce et l'index, il roule et tasse le tabac. Il passe le bout de sa langue sur la colle du papier; et colle sa cigarette.

— La moitié de la ville a signé,

annonce-t-il en cherchant son briquet.

— La moitié! fait le premier ramasseur.

Surpris, il laisse tomber sa poubelle. Le deuxième ramasseur enlève ses gants:

— Je ne pensais jamais qu'autant de monde serait d'accord! s'exclame-t-il les mains sur les hanches.

— Alors... Ça va changer! Notre vie va changer... dit le premier ramasseur plein d'espoir.

Les trois hommes en vêtements kaki rient et se serrent la main; Wondeur est tentée de se joindre à eux:

— Ça ne serait pas prudent...

***

La fille aux cheveux rouges dépasse les dernières maisons de la ville-dépotoir. Les mains dans les poches, elle bifurque sur la route de terre. Elle enlève ses oeillères et retire sa casquette; sa chevelure flamboie au soleil du matin.

Après quelques minutes de marche, le vieux phare est en vue. Wondeur remarque:

— Une bonne couche de peinture, ça ne lui ferait pas de tort...

Arrivée chez son père, elle court mettre

le nez à la fenêtre; et trouve le karatéka en tunique de combat. Debout au milieu de la pièce, il exécute une série de blo- cages et de contre-attaques. Son regard est tendu; de toutes ses forces, il se bat contre un adversaire invisible.

-— Il fait ses katas*... pense Wondeur.

Assise sur les marches du phare, elle attend patiemment que son père finisse ses exercices. Pour passer le temps, elle lance des cailloux; elle s'imagine en train de convaincre le maire.

— Bonjour, dit une voix douce.

La fille aux cheveux rouges reconnaît les intonations de la vieille femme. Elle lève les yeux pour la saluer, mais son attention est aussitôt distraite: derrière la nouvelle arrivée, se déroule une drôle de scène.

Sur la route de terre, Wondeur voit l'homme au journal. En courant à toutes jambes, il se dirige vers le phare. D'une main, il tient son chapeau, de l'autre, il gesticule. Il a l'air affolé. Il est encore loin et pourtant, on l'entend crier.

Quand le journaliste atteint les deux

* Exercices de karaté effectués dans un ordre précis.

femmes, il est à bout de souffle. Dans un halètement il réussit à articuler:

— La... la pé... tition...

Wondeur se sent oppressée; elle voudrait que l'homme ne termine jamais sa phrase.

— A dis... paru!

— Sorte d'affaire! s'exclame la fille aux cheveux rouges.

Elle se porte au secours du journaliste qui va s'écrouler. Tout en le soutenant, elle pense:

— 50 000 signatures... il nous a fallu des mois pour les recueillir... on ne peut pas recommencer...

La vieille femme soutient, elle aussi, l'homme au journal. Tout à coup, elle a l'air très fatiguée.

Chapitre IV
Je vous connais, vous deux

La vieille femme est assise sur une chaise; Wondeur et le karatéka se trouvent agenouillés près du journaliste. Étendu par terre, ce dernier récupère lentement de sa course; sur son visage pâli, sa cicatrice est plus apparente que jamais. Quand il peut parler, l'homme explique:

— Hier soir, je suis sorti dans le parc d'amusement pour me dégourdir les jambes. De retour à la Galerie des glaces, j'ai trouvé le coffre-fort ouvert... Vide. Je n'ai vu personne. Je ne sais pas qui a volé la pétition.

— Il faut chercher à qui le crime profite, commente simplement la vieille femme.

— Le maire... je suppose, murmure Wondeur.

Le journaliste se redresse un peu et s'appuie sur un coude:

— Je suis désolé...

— Ce n'est pas votre faute, dit la vieille femme.

— Qu'est-ce qu'on peut faire maintenant? demande le karatéka.

Et il a l'air découragé.

— On va voir le maire tel que prévu, répond calmement Wondeur.

Les trois autres dévisagent leur amie comme si elle avait perdu la raison.

— Mais on n'a plus de pétition, proteste l'homme au journal.

La fille aux cheveux rouges explique:

— La pétition a disparu, mais on sait qu'elle existe. On sait surtout que plus de 50 000 personnes sont d'accord avec nous. C'est notre force. On ne doit pas se laisser intimider.

Il n'en faut pas davantage pour convaincre les autres. Le karatéka consulte l'horloge du phare:

— Si on veut arriver à l'heure, il faut partir tout de suite.

— Bonne chance... dit le journaliste.

***

Wondeur, le karatéka et la vieille femme forment un étrange trio. Cachée par ses oeillères et sa casquette, la première a l'air d'une espionne; son allure tranche sur celle des deux autres qui circulent le visage à découvert.

À l'heure prévue, les trois compagnons se présentent à la mairie. On vérifie leur convocation plusieurs fois; on confirme leur rendez-vous. Après les avoir fouillés, un gardien les conduit à travers un dédale de couloirs. Ils traversent quinze corridors et douze vestibules; ils descendent huit escaliers.

Wondeur a l'impression de tourner en rond:

— Je ne pourrais jamais retrouver mon chemin toute seule...

Finalement, le gardien fait passer le trio dans une salle d'attente. Entre ses oeillères, il marmonne:

— Le maire va vous recevoir bientôt.

Il sort et tire la porte vers lui. Elle se referme avec un bruit sourd.

Wondeur examine la pièce où ils se trouvent; elle est presque vide. On l'a meublée d'un banc de bois qui n'a même pas de dossier. Dans un coin, deux

chaudières recueillent l'eau du plafond qui fuit.

— Ploc! Ploc! Ploc!

— C'est ça, la mairie? s'inquiète la fille aux cheveux rouges.

— On met notre patience à l'épreuve, répond doucement la vieille femme.

Et elle se repose sur le banc. De son sac, elle sort une balle de laine rose et des aiguilles. Elle se met à tricoter.

Le karatéka s'assoit en tailleur, à même le plancher. Il invite sa fille à faire pareil:

— J'ai l'impression qu'on a beaucoup de temps devant nous. Tu veux que je t'enseigne à te concentrer? lui demande-t-il.

***

Quatre heures plus tard, le gardien revient.

— Suivez-moi, dit-il, l'air surpris.

Wondeur et le karatéka ouvrent lentement les yeux. Toujours assis par terre en tailleur, ils ont l'air sereins. La vieille femme range tranquillement son tricot rose dans son sac. Il est maintenant plus long; on voit qu'il s'agit d'un foulard.

Le gardien se gratte la tête. Il n'a jamais vu de visiteurs demeurer aussi calmes après avoir tant attendu.

— Suivez-moi, répète-t-il.

Les trois amis empruntent les mêmes corridors qu'à leur arrivée; ils traversent les mêmes vestibules et remontent les mêmes escaliers. Ils refont le même chemin, à rebrousse-poil.

Le gardien s'arrête devant une porte

capitonnée de cuir. Il s'efface pour laisser passer les visiteurs.

Le trio entre dans un vaste salon où tout est doré. Les murs sont tendus de velours jaune or; les fauteuils et les rideaux sont du même ton; on leur a ajouté des pompons.

Au milieu de la pièce, le maire trône sur une chaise dorée. Son pupitre doré est couvert de piles de dossiers qui menacent de s'écrouler. Des dossiers, il y en a aussi par terre. La plupart sont à moitié ouverts et laissent échapper leurs papiers.

Comme dans la salle d'attente, le plafond du salon doré coule. Trois poubelles en plastique recueillent l'eau qui clapote.

— Ploc! Ploc!

Derrière le pupitre, un gigantesque cadre doré est accroché. C'est le portrait du maire représenté de la tête aux pieds.

— L'artiste a voulu lui faire plaisir... remarque Wondeur.

Sur la peinture, on reconnaît bien le magistrat, mais en plus beau. Il est aussi plus grand et il a l'air plus fort. Le peintre lui a également donné un air plus intelligent qu'en réalité.

— Désolé de vous avoir fait attendre, dit le maire, sarcastique.

Le trio ne répond pas; le magistrat est embêté. À l'abri de ses oeillères, il épie ceux qui se trouvent devant lui. Il est surpris de les trouver aussi calmes.

— Hum!... Je vous connais, vous deux. Mais celle-là, qui est-ce? demande le maire en pointant effrontément Wondeur du doigt.

La fille aux cheveux rouges tressaille. Elle souhaite que le maire ne se rappelle pas leur première rencontre*.

— C'est ma fille, répond le karatéka.

Le maire se penche. Il entrouvre ses oeillères qui ont la réputation d'être les plus grosses en ville. Il examine Wondeur de la tête aux pieds. Avec un drôle de sourire, il indique les fauteuils:

— Je vous en prie, assoyez-vous...

Les trois amis posent chacun leur derrière sur un fauteuil jaune or.

— Oups! fait la fille aux cheveux rouges.

Le siège de velours est mou comme de la guimauve. Wondeur s'enfonce telle-

* Voir *La fille aux cheveux rouges*, chez le même éditeur.

ment que ses pieds ne touchent plus le plancher. Elle a le nez collé sur les genoux:

— Mais je ne pourrai jamais sortir de là...

Elle jette un coup d'oeil aux deux autres; ils se trouvent eux aussi en mauvaise posture.

— Ces fauteuils sont piégés, pense Wondeur, sur le point de s'énerver.

— Vous voulez me parler de quelque chose... susurre le maire.

Le karatéka se cramponne aux appuis-bras de son fauteuil doré; il inspire profondément. En expirant et en balançant les jambes, il s'extirpe de son siège:

— Schtoump!

Une fois sur ses pieds, il va vers la vieille femme; il la soulève et la sort du fauteuil. Puis il rend le même service à Wondeur.

Entre ses oeillères, le maire cache mal sa déception. Hypocrite, il présente des excuses:

— Il faudrait bien que je fasse rembourrer ces fauteuils... ils ne sont plus aussi confortables qu'avant...

Le trio se tient maintenant debout

devant le pupitre doré. Le maître de karaté a les jambes écartées; il a les mains
posées sur les hanches. On sent qu'il est
en colère.

Wondeur croise les bras et engage les
pourparlers:

— On veut discuter des arbres...

— Les arbres? Quels arbres? fait le
maire aussitôt.

Et il lève les bras au ciel comme si
Wondeur divaguait. Une pile de dossiers
vacille et tombe par terre. Des centaines
de feuilles se répandent sur le tapis jaune
or.

— Ça commence bien, pense la fille
aux cheveux rouges.

La vieille femme connaît le maire; elle
ne se laisse pas troubler:

— Il reste 35 arbres dans la ville, et
on veut les protéger. On veut aussi en
planter d'autres.

Le maire fait comme s'il était découragé:

— Mais les arbres que vous allez
planter vont mourir! Comme tous les
autres!...

— Pas si les chauffeurs de camions
travaillent moins vite et font attention,

répond fermement la doyenne.

Son visage demeure imperturbable. Le maire, lui, s'énerve:

— Écoutez. Les chauffeurs doivent travailler vite si on veut faire de l'argent! Un arbre, ça ne rapporte rien. Un camion bien rempli de déchets, par contre, ça, c'est payant! Il faut être réaliste!

— Je t'ai vu grandir... Je t'ai transmis mon savoir et mes connaissances... commence doucement la vieille femme.

Le maire se met à chercher quelque chose sur son pupitre. Il déplace des dossiers et fait celui qui n'entend rien.

— Je t'ai enseigné... Plus jeune, tu avais d'autres ambitions... continue la doyenne.

— J'ai été élu pour améliorer les finances de la ville, proteste le maire en évitant toujours le regard de son interlocutrice.

— C'est vrai... répond la vieille femme.

Le maire lève un oeil et l'abaisse aussitôt. L'autre continue:

— Tu as été élu pour rendre la ville prospère... Pas pour la transformer en dépotoir et en exterminer les arbres.

Wondeur s'impatiente:

— Plus de 50 000 personnes sont d'accord avec notre projet!

— Qu'est-ce que vous voulez dire exactement? demande le maire.

Il redresse la tête et observe ses visiteurs d'un air mauvais.

— Je parle de la pétition, rétorque la fille aux cheveux rouges.

Le maire est hors de lui. Il crie et il postillonne:

— Les pétitions, c'est illégal! Tout citoyen doit se mêler de ses affaires! Sinon, il sera mis en prison!

Subitement, le maire change de ton:

— La pétition, on en parle, mais je ne l'ai jamais vue...

Wondeur, alors, réplique:

— Soyez sans crainte, la pétition, vous la verrez. Vous la verrez même en personne...

Elle jette un regard complice en direction de ses amis.

— En attendant, nous, on a des choses à faire, dit-elle avant de tourner les talons.

Et elle sort, suivie des deux autres.

Seul dans son bureau doré, le maire est dérouté. Il essaie de comprendre ce que Wondeur a bien pu vouloir dire:

— Voir la pétition en personne...

Soudainement, le maire a des doutes. Fébrile, il ouvre le troisième tiroir de son pupitre. L'air soulagé, il en sort une grosse enveloppe:

— J'ai toujours la pétition. Je vais la mettre en lieu sûr.

Chapitre V
Je réfléchissais

À la sortie de la mairie, le trio se sépare. Par mesure de prudence, chacun prend un chemin différent; les trois compagnons se retrouvent à la serre une demi-heure plus tard.

— Ils arrivent! crie Moussa dès qu'il voit approcher ses amis.

Le guenillou, les deux frères et le journaliste courent vers la porte. Ils ont les yeux pleins de questions.

— Ça s'est bien passé? demande l'homme au journal.

— Le maire ne m'a pas reconnue, répond Wondeur.

Le trio entre dans la serre.

— C'est sûrement le maire qui a volé la pétition, bougonne Moussa.

— Je pense la même chose, dit le guenillou.

La vieille femme s'assoit pesamment sur le divan de velours rouge vin:

— Ffiou!...

Tout le monde s'installe un peu n'importe comment autour d'elle; et s'apprête à discuter.

— Je doute qu'on soit beaucoup plus avancés, commence le karatéka.

Et il raconte la visite à la mairie. Son récit terminé, la bande est perplexe. Défaitiste, le guenillou commente le premier:

— Le projet est à l'eau...

Wondeur rétorque:

— Le projet est à l'eau seulement si on l'abandonne...

Sept visages se tournent vers elle.

— Comme je l'ai déjà dit, la pétition a disparu. Mais les signataires restent. Il faut que les 50 000 personnes qui ont signé se présentent devant le maire. On va faire une manifestation, explique la fille aux cheveux rouges.

— Avec des pancartes? demande le plus petit des frères.

Tous les autres réfléchissent.

— Les citadins ont trop peur pour manifester... dit le guenillou.

— Quand les citadins apprendront que la pétition a été volée, ils se fâcheront, répond le karatéka.

Wondeur pense aux travailleurs qu'elle a croisés en se rendant au phare. Elle se rappelle leur enthousiasme pour la nouvelle des 50 000 signatures:

— Une manifestation, je suis certaine que ça va marcher.

— Je vais écrire un tract qui va convaincre la population, promet le journaliste.

De sa poche, il tire un carnet de notes et un crayon. Il commence tout de suite à griffonner. Wondeur conclut:

— De toute façon, c'est la seule solution possible.

— Alors, on passe au vote? demande le karatéka.

Le journaliste suspend le trait de son crayon.

— Ceux en faveur de la manifestation... dit le maître de karaté.

Tous lèvent la main, même le guenillou.

— Adopté à l'unanimité, prononce le karatéka.

Moussa se lève:

— Et si on se préparait à manger avant d'aller plus loin?

— Je meurs de faim, dit la vieille femme.

Le garçon va au fond de la serre, là où poussent les citrouilles et le maïs. Il revient avec une brassée d'épis; il la dépose au milieu du cercle formé par la bande:

— C'est le blé d'Inde qu'on a planté, dit le plus petit des frères.

Moussa apporte encore deux autres douzaines d'épis. Tout le monde se met à éplucher, sauf le journaliste. Depuis quelques minutes, il n'a pas arrêté d'écrire. De temps en temps, il biffe des mots; il recommence une phrase. Pris par son travail, il n'entend rien de ce qui se passe autour. Il est très surpris quand on lui annonce que le blé d'Inde est cuit:

— Le quoi?... Non, j'en mangerai tout à l'heure... La manifestation, on la fait quand?

— Le plus vite possible, répond Wondeur en croquant à pleines dents dans un épi fumant.

— Après-demain c'est le solstice d'été. La lune sera pleine, dit la vieille femme.

— Le jour le plus long de l'année... c'est un bon moment, répond le journaliste.

— Et ça donne juste assez de temps

pour s'organiser, remarque Wondeur.

— Qui est d'accord? demande l'homme au journal.

Cette fois encore, tout le monde lève la main. Le journaliste se remet à griffonner.

***

Le soir même, dans la Galerie des glaces, on entend crépiter la machine à écrire. Le journaliste n'a jamais tapé un texte aussi vite de toute sa vie; ses doigts ont l'air de danser sur le clavier; ils effleurent à peine les touches de la vieille Underwood.

Wondeur verse de l'encre dans le réservoir de la polycopieuse; une odeur d'alcool se répand dans la pièce.

Le journaliste sort le stencil du chariot de la machine à écrire:

— Zzzzzzzzp!

Il relit son texte à voix haute:

«Citadins de la ville-dépotoir,

«Ceci est un appel au calme et à la détermination. Les feuilles de la pétition ont été volées. La pétition a disparu. Peu importe. Rassemblons-nous tous dans la rue pour crier ce que nous voulons. Si

plus de 50 000 personnes réclament la même chose, le maire n'aura pas le choix.

«Rendez-vous devant la mairie à dix-huit heures demain, jour de pleine lune et de solstice. Faites des pancartes, amenez vos amis. Soyez là.

«La bande de la pétition»

— C'est très bien, commente la fille aux cheveux rouges.

— Ça me rappelle le temps où j'écrivais pour *L'étoile du Nord,* dit le journaliste, perdu dans ses souvenirs.

***

— Chtaram-chtaram-chtaram...

Wondeur tourne la manivelle de la polycopieuse; le rouleau de la machine entraîne les feuilles une à une; elles vont s'appuyer sur la gélatine à imprimer. À l'autre bout, le journaliste les attrape. Elles sont encore humides d'encre; il les fait sécher.

— Des machines comme ça, on n'en fabrique plus, dit l'homme au journal.

— Ça vient du guenillou?...

— Il l'a trouvée dans les poubelles...

Wondeur jette un oeil au compteur de la polycopieuse:

— On a fait 10 141 copies.

Soixante feuilles plus tard, elle est obligée de s'arrêter:

— J'ai mal au bras...

— Je te remplace, dit le journaliste.

— Chtaram-chtaram-chtaram!...

La polycopieuse atteint sa vitesse de croisière. Elle mange une quarantaine de feuilles à la minute.

— En calculant les arrêts pour se reposer les muscles... dans une heure, tout devrait être imprimé, prévoit la fille aux

61

cheveux rouges.

Tard dans la nuit, Wondeur et le journaliste quittent l'ancien parc d'amusement. Arrivés à la serre, ils sont accueillis par des ronflements. Exceptionnellement, tout le monde est resté à coucher. Le lendemain, tôt, une mission les attend.

***

Dès cinq heures du matin, la bande est aux abords de la ville. À la veille de la manifestation, tout le monde se sent nerveux. Chacun cache une pile de tracts dans ses vêtements kaki.

— Maudites oeillères, chicane le karatéka.

Wondeur a divisé la ville en secteurs; elle prend la direction des opérations:

— Le maire se méfie. On doit donc distribuer les tracts le plus rapidement possible. Dans une heure, chacun devra être rentré à la serre.

La bande se disperse. Wondeur couvre le secteur de l'incinérateur central; là où il fait le plus chaud.

L'air de flâner, elle glisse un tract à chaque travailleur qu'elle croise:

— Des nouvelles de la pétition, dit-elle

à voix basse.

Il ne lui reste plus que quelques feuilles à distribuer quand...

— Vroâwm... Vroâwm... Tchchchfff tcht-tcht!

Les mâchoires serrées, Wondeur se retourne. Au milieu de la rue, le désinfecteur jaune se rapproche de plus en plus; elle a l'étrange impression qu'il fonce sur elle.

— Vroâwm... Vroâwm... Tchchchfff tcht-tcht!

Hypnotisée par les chenilles qui roulent, Wondeur reste figée. Elle sent vibrer le moteur de l'engin jusque dans son estomac...

— Sorte d'affaire!...

Wondeur rassemble ses forces et fait un premier pas. En courant à toutes jambes, elle quitte la rue où crache le désinfecteur.

***

Il est neuf heures; à la serre on termine le petit déjeuner.

— Ça n'est pas normal, dit Wondeur en consultant sa montre.

Elle arpente la serre de long en large. Les mains derrière le dos, elle monte et descend les rangées d'arbres en pots:

— Trois heures de retard... Il lui est arrivé quelque chose...

Assis à la table de pique-nique, le reste de la bande a l'air abattu.

— Il a dû se faire prendre par la police du maire, suppose Moussa.

— Ce serait surprenant. Le guenillou est le plus prudent de nous tous, conteste la vieille femme.

— Il a peut-être eu un accident, suggère l'homme au journal.

— On a suffisamment attendu, je vais voir ce qui se passe, décide Wondeur.

Leste comme un chat, le karatéka se lève d'un bond:

— J'y vais, moi aussi.

Moussa esquisse un mouvement pour les accompagner; mais la fille aux cheveux rouges le retient:

— Non, reste. Deux, c'est suffisant.

Comme Moussa n'a pas l'air d'accord, elle ajoute:

— Les autres pourraient avoir besoin de toi.

***

Wondeur et le karatéka ratissent le

secteur où le guenillou distribuait des tracts. Chacun sur un trottoir, ils passent la ville au peigne fin. Ils scrutent l'embrasure des portes et cherchent sous les balcons; ils examinent les tas d'ordures, ils inspectent les ruelles.

Onze heures sonnent à l'horloge de la mairie. Sous un soleil de plomb, les citadins travaillent au ralenti; ils portent la marque du passage du désinfecteur. Toute la ville a été copieusement vaporisée; on voit partout des flaques visqueuses bleu turquoise.

Le vent soulève une nuée de papiers devant Wondeur. Une des feuilles se pose sur le coin de ses oeillères; elle l'attrape:

— Un tract!...

Discrètement, Wondeur fait signe au karatéka de traverser la rue. Juste comme son père la rejoint, elle aperçoit le guenillou:

— Il est là, à côté du fauteuil à bascule...

L'homme est assis au bord du trottoir, sur une poche de ciment durci; ses vêtements sont couverts de liquide désinfecteur. Dégoulinant, le guenillou tient une pile de tracts dans une main. Il ne songe

même pas à les cacher; il a l'air de rêver.

— Sorte d'affaire!

Au bout de la rue, Wondeur vient de remarquer deux policiers. Ils n'ont pas encore repéré le guenillou; mais ça ne devrait pas tarder.

— Vite! dit Wondeur au karatéka.

Le père et la fille partent en courant. Ils attrapent leur ami par le col et l'entraînent dans l'entrée d'une maison.

— Ben voyons! Qu'est-ce qui vous prend? demande le guenillou qui se laisse emmener.

Wondeur lui fait les gros yeux:

— Taisez-vous.

Les policiers passent devant leur cachette et poursuivent leur ronde.

— Ils ne nous ont pas vus, dit le karatéka.

— Mais qu'est-ce que vous faisiez comme ça, au milieu de la rue, avec vos tracts? chicane Wondeur.

Le guenillou a l'air perdu. Après un temps, il finit par répondre, la bouche pâteuse:

— Euh!... je réfléchissais.

Déboussolée, la fille aux cheveux rouges consulte son père.

— Allons-nous-en, dit celui-ci.

Le guenillou n'a rien entendu. Wondeur passe doucement son bras sous le sien; comme à un enfant, elle lui explique:

— On s'en va à la serre. Vous venez avec nous?

— Bonne idée, répond le guenillou, l'air content.

Et il les suit.

Chapitre VI
Espérons
que ma recette est bonne

Chemin faisant, Wondeur et son père interrogent le guenillou. Mais la marche ne lui éclaircit pas les idées, bien au contraire; et les réponses qu'il donne n'ont ni queue ni tête. De plus en plus confus, il arrive à la serre.

— Vous êtes blessé? demande Moussa comme le guenillou se laisse tomber sur le sofa de velours rouge vin.

L'homme lève sur lui des yeux hagards; il se gratte lentement la joue.

Moussa coule un regard inquiet du côté de Wondeur.

— Il n'a même pas distribué ses tracts, explique la fille aux cheveux rouges.

— Il a l'air fatigué, remarque l'homme au journal.

— Il est tout sale! s'exclame le plus petit des frères.

La vieille femme s'approche du guenillou:

— Comment vous sentez-vous?

Elle s'assoit à côté de lui. Elle attrape
son poignet et prend son pouls. Puis elle
demande au plus grand des frères:

— Vous avez une lampe de poche?

Docile, le guenillou se laisse faire.
Toute la bande forme un cercle autour
de lui.

— Il a l'air drogué, remarque la
vieille femme.

Elle prend la lampe qu'on lui tend:

— Laissez-moi examiner vos yeux...

Elle soulève une des paupières de
l'homme; elle allume et éteint la lumière
devant son oeil:

— La pupille est très dilatée, elle ne
se contracte presque pas...

La vieille femme passe le bout de ses
doigts sur l'épaule du guenillou; elle
recueille un peu du liquide visqueux
turquoi...

— C'est ici la pétition? crie une voix
de stentor.

Tous les yeux se tournent vers l'entrée
de la serre. Prêt à bondir, le karatéka
prend la position de combat. Au milieu

d'une rangée d'arbres en pots, deux hommes surgissent; l'un d'eux est nain.

— On a eu de la misère à vous trouver, dit le plus grand.

Ses cheveux grisonnent et son visage est rougeaud; il parle très fort sans faire d'effort. À son cou, pendent une paire d'oeillères et un masque à gaz. Devant l'air ahuri et craintif de l'assemblée il précise:

— Je suis le conducteur de la parfumeuse. N'ayez pas peur.

Le karatéka se détend.

— La parfumeuse?!!... s'étonne Wondeur.

— Euh!... le désinfecteur... En ville, on l'appelle la parfumeuse, explique le conducteur.

— Je suis le contremaître des balayeurs et des ramasseurs de poubelles, se présente à son tour le nain.

Ses cheveux sont coupés en brosse; il porte des lunettes à monture ronde. Il tient ses oeillères à la main.

— C'est beau ici, dit-il en regardant autour.

— Ça fait longtemps que je n'ai pas vu autant de verdure, continue le conducteur du désinfecteur.

— Comment avez-vous trouvé le chemin des serres? demande Moussa, méfiant.

— On a commencé par l'interroger, lui... dit le conducteur en reluquant du côté du sofa.

Le guenillou n'entend rien. L'air d'un zombi, il regarde droit devant lui. Le nain poursuit:

— On n'a rien pu en tirer...

— On vous a vus arriver et vous cacher des policiers. Ensuite, on vous a suivis, complète le conducteur.

— Qu'est-ce que vous voulez? demande Wondeur.

Le visage rougeaud de l'homme devient très sérieux; plus que jamais, sa voix vibre:

— Hier, le maire m'a donné congé. Aujourd'hui, j'ai compris pourquoi: il a fait changer le liquide à vaporiser de la parfumeu... je veux dire du désinfecteur.

— Et alors? demande Wondeur qui ne voit pas où l'homme veut en venir.

— Alors, je ne sais pas ce qu'il a mis là-dedans mais... Les travailleurs qui ont respiré le nouveau liquide ont de drôles de comportements...

— Après avoir été vaporisés, la plupart de mes hommes se conduisent comme votre ami, explique le nain.

— Sorte d'affaire! pense Wondeur.

— Je comprends... murmure le karatéka.

— Flouche!...

Le guenillou s'est affaissé sur le sofa. Il dort maintenant comme un bébé.

— J'espère que ce liquide n'est pas nocif, s'inquiète la fille aux cheveux rouges.

— Il n'y a rien à craindre... dit la vieille femme.

Elle se lève et prend les jambes du guenillou; elle les pose sur le sofa. Quand l'homme est confortablement étendu, elle poursuit:

— Ce liquide est beaucoup moins nocif que celui qu'on vaporise habituellement... C'est un soporifique fabriqué à partir d'un mélange de plantes. J'enseignais la recette à l'université dans mes cours de botanique...

— Je ne pensais pas que les plantes pouvaient avoir autant d'effet, s'étonne Moussa.

— Les végétaux renferment de grands secrets... peu de gens sont au courant, répond la vieille femme.

Comme un lion en cage, le journaliste fait les cent pas:

— Et cet effet, il dure longtemps?

La vieille femme se penche sur le guenillou. Elle recueille un peu du liquide qui se trouve sur l'épaule du dormeur; elle le hume à bonne distance de ses narines:

— C'est très concentré... Mais, naturellement, les effets varient selon les sujets... Le guenillou dormira entre vingt-quatre et quarante-huit heures... C'est tout ce que je peux dire...

Dans la serre, le découragement s'abat sur toutes les épaules. Le maître de karaté fait craquer ses jointures; Wondeur grignote l'ongle de son pouce droit:

— À l'heure qu'il est, tous ceux qui ont été vaporisés ronflent comme le guenillou...

— Il faut remettre la manifestation à plus tard, dit le karatéka sans grande conviction.

— Mais si on attend trop, le maire aura le temps de s'organiser, proteste Moussa.

La voix de la vieille femme s'élève et brise un long silence:

— Je pourrais essayer de préparer un antidote, un contrepoison... Mais il faudra agir vite...

L'espoir renaît sur les visages. La vieille femme s'adresse au conducteur du désinfecteur:

— Cet antidote, pourriez-vous le vaporiser ce soir?

L'homme hésite. Le nain le tire alors par la manche et lui fait signe de se pencher. Il lui parle à l'oreille. De son chuchotement, les autres ne perçoivent que des bribes:

— Psspsspss... sous-sol... psspsspss... en arrière... psspsspsspss... la clé... psspsspss...

Souriant, le conducteur se relève:

— Nous vaporiserons ce soir, assure-t-il.

La vieille femme calcule:

— Il est midi... le mélange doit macérer une dizaine d'heures... il sera donc prêt un peu avant minuit... Bien. Il faudra aussi imprimer et distribuer de nouveaux tracts.

Elle se tourne vers le journaliste:

— Au réveil, les citadins auront grand besoin de se faire rafraîchir la mémoire...

— Pas de problème pour les tracts, promet l'homme au journal.

La doyenne met son chapeau de paille:

— Tu vas m'aider, viens avec moi, ma fille, dit-elle à Wondeur.

Et elle franchit la porte de la serre. Jamais personne ne l'aurait soupçonnée de pouvoir faire de si grands pas.

***

Les deux femmes traversent la ville qui est frappée de torpeur. Le somnifère fait son effet; partout, on n'entend que des ronflements.

Le sommeil a surpris les citadins en plein travail. Plusieurs sont tombés endormis sur une poubelle; d'autres sont étendus au beau milieu de la rue. Les conducteurs de camions font la sieste sur la banquette de leur véhicule; couchés sur les trottoirs, des balayeurs rêvent en serrant leur balai dans leurs bras.

— On se croirait dans le conte de *La belle au bois dormant...* remarque la fille aux cheveux rouges.

Elle est essoufflée, tellement sa compagne marche vite.

La vieille femme entre chez elle en coup de vent; elle traverse sa petite maison et va directement dans la cuisine d'été; elle ouvre une porte qui donne sur un hangar sombre:

— Prends garde à l'escalier...

Wondeur la suit et examine le hangar. Dans la pénombre, elle distingue des outils de jardinage, une vieille brouette. Plus loin, elle voit un carrosse d'enfant en rotin et une chaudière à charbon. À droite, une corde de bois de chauffage dégage une odeur d'écorce.

— La chance est avec nous, j'ai tous

les ingrédients pour la recette... dit la vieille femme.

Les mains sur les hanches, elle se tient debout devant une armoire ouverte. Wondeur s'approche; ses yeux s'habituent à la demi-obscurité. Dans l'armoire, elle aperçoit une centaine de bouquets aux couleurs fanées. Ils pendent tous la tête en bas.

— Il en faut une quantité astronomique pour réveiller toute la ville... Heureusement, j'ai suffisamment de vin pour diluer les herbes, dit la vieille femme en montrant trois grosses barriques.

Les deux amies s'installent à la table de la cuisine d'été. Pendant près d'une heure, elles découpent des herbes séchées avec un hachoir. La vieille femme apprend le nom des plantes à Wondeur:

— Celle-ci, c'est la mélisse... elle ne pousse que dans les sous-bois... Celle-là, on l'appelle la verge d'or; elle désintoxique...

— Vous savez beaucoup de choses, s'émerveille la fille aux cheveux rouges.

— Ma grand-mère m'a enseigné les secrets des plantes. Elle tenait ce savoir de sa propre grand-mère... qui elle l'avait appris de sa mère... On pourrait remonter comme ça jusqu'au temps des Grecs et des Romains...

Une fois hachées, les herbes sont jetées dans les tonneaux de vin blanc; on les brasse avec un vieux manche à balai.

— Et maintenant, le plus important, annonce la vieille femme.

Elle ouvre une autre armoire, plus petite que la première. Les tablettes sont remplies à craquer de bouteilles, de fioles et de flacons. Il s'en trouve de toutes les formes et de toutes les couleurs; chaque contenant a son étiquette.

La vieille femme monte sur une chaise; elle cherche sur la tablette du haut:

— De l'extrait de fève de Calabar...

Elle sort un flacon rempli d'un liquide vert émeraude; elle le secoue vigoureusement. Des paillettes couleur bronze flottent et redescendent vers le fond; elles luisent dans la lumière.

— Espérons que ma recette est bonne...

Chapitre VII
Il y a plein de monde dans la rue

Minuit. Sur ses chenilles, le désinfecteur jaune roule au ralenti, tous phares éteints. Pour que la machine puisse avancer, le karatéka déblaie le chemin. Il déplace les corps des citadins endormis au milieu de la rue; il les porte sur le trottoir.

Malgré ce déblayage, le désinfecteur zigzague pour éviter les dormeurs. Il s'immobilise finalement devant la maison de la vieille femme; elle attend sur le palier:

— L'antidote est prêt.

Curieuse, la fille aux cheveux rouges s'approche du désinfecteur; il est très sale. La tôle jaune de sa carrosserie est mangée par la rouille. Elle est tachée de graisse à moteur et parcourue de coulées turquoise. Des veines de soudure montrent que l'engin est de fabrication artisanale:

— On dirait un vieux modèle d'auto-neige...

Wondeur reconnaît des pièces de souffleuse à neige et de balai mécanique. Le nez dans un des hublots, elle comprend:

— Ça fonctionne sur le principe de l'atomiseur à parfum... tout simplement...

Wondeur s'écarte pour laisser passer le karatéka et le conducteur du désinfecteur. Ils transportent les barils de contrepoison et les déversent dans la machine. Quand le réservoir est plein, le désinfecteur démarre:

— Vroâwm! Vroâwm!

— On va ameuter les policiers... s'inquiète le maître de karaté.

Assis dans la cabine, il a les yeux rivés au rétroviseur.

— On aura terminé avant que la police ait le temps de s'habiller, promet le conducteur.

Et il tend au karatéka un masque à gaz. Comme il passe en quatrième vitesse, il met en marche le vaporisateur:

— Tchchchfff tcht-tcht! Tchchchfff!

Une demi-heure plus tard, la ville-dépotoir est complètement vaporisée; le conducteur coupe le moteur:

— Mission accomplie, dit-il en relevant son masque à gaz.

Le karatéka a déjà retiré le sien; il descend du véhicule:

— Vite, décampons d'ici.

Les deux hommes courent à la serre rejoindre le reste de la bande.

Pendant ce temps, lentement, le contrepoison commence à agir.

***

— S'ils n'arrivent pas bientôt, il sera trop tard, dit la vieille femme.

Wondeur consulte sa montre: deux heures du matin. Fatiguée, elle pense:

— Le succès de l'opération ne tient qu'à un fil...

À l'extérieur de la serre, on entend des pas. L'homme au journal entre, accompagné de Moussa; ils apportent les nouveaux tracts.

— J'ai rédigé un autre texte, annonce le journaliste.

Et il tend une feuille à Wondeur. Pendant que Moussa réveille le reste de la bande, elle lit:

«Citoyens de la ville-dépotoir,

«Nous avons été drogués. Le maire a changé le liquide du désinfecteur en croyant nous empêcher de parler. Il s'est trompé. La manifestation a toujours lieu ce soir, à dix-huit heures. En attendant, nous vous recommandons d'aller vous reposer.

«La bande de la pétition»

— Ce texte est encore plus efficace que le premier, le complimente Wondeur.

Chacun prend la pile de tracts qu'il doit distribuer. Le conducteur du désinfecteur et le nain contremaître sont de l'expédition. Le guenillou, lui, dort toujours.

La bande arrive en ville au bon moment. Le contrepoison a fait son effet; les citadins émergent lentement de leur sommeil artificiel. Les idées brumeuses, ils se frottent les yeux; ils se plaignent de maux de tête. La nouvelle qu'ils apprennent par le tract les révolte; ils jurent tous d'aller manifester.

Le soleil se lève sans se presser sur le jour le plus long de l'année. Les citoyens ont regagné leurs maisons et se reposent. Avant de se rendormir, ils ont réglé leur réveille-matin pour se lever à dix-huit heures.

***

— Je ne veux pas de carottes, dit le maire, boudeur.

— Mange tes carottes, c'est bon pour la santé, répond la mairesse.

Et elle sourit entre ses oeillères dorées,

un cadeau de son mari.

Le magistrat soupire et ouvre un autre dossier à côté de son assiette. Il prend des notes et tripote les feuilles de papier. Fidèle à son habitude, il travaille en mangeant. C'est le truc qu'il a trouvé pour ne pas avoir à converser. Le maire et la mairesse ne se parlent plus depuis de longues années.

— Passe-moi le sel, demande le maire à son épouse sans la regarder.

Il tend la main.

— Chut! fait la mairesse.

Le maire lève la tête.

— Écoute... continue sa femme l'index pointé en l'air.

Elle va à la fenêtre et écarte le rideau:

— Il y a plein de monde dans la rue...

Le maire se lève à son tour, la bouche pleine. Il jette un coup d'oeil dehors:

— Mais!...

Et il referme le rideau.

— Ils se sont réveillés!!!

Le maire avale sa bouchée de travers; il manque de s'étouffer. La mairesse lui tapote le dos pendant qu'il tousse; elle lui fait boire un peu d'eau.

Son malaise passé, le magistrat se dirige vers le téléphone. Il hurle dans le récepteur:

— Je veux le chef de police!

***

Caché derrière le rideau de la fenêtre, le maire surveille. Il observe la foule qui le réclame; il se fait du mauvais sang. Quand la porte de la salle à manger s'ouvre, il se précipite:

— Arrêtez-les! Mettez-les tous en prison, ordonne-t-il à son chef de police.

Entre ses oeillères, l'officier sourcille:

— Mais monsieur, ils sont des milliers...

— Mettez-les en prison! répète le maire.

— Mais je n'ai pas assez de cellules...

Le maire est hors de lui, il se met à crier:

— Je vous congédie!

— Bien monsieur, répond calmement le chef de police.

Il a l'air soulagé.

— Contrordre! Vous êtes toujours à mon service, dit le maire en se ravisant.

— Mais monsieur...

— Aucun de ces manifestants ne se

mêle de ses affaires. Vous êtes chargé de faire respecter la loi. Agissez ou c'est vous qui serez jeté en prison.

***

Le chef de police réussit à ramener le maire à la raison; il le convainc d'aller parlementer.

Genoux tremblants, le magistrat sort sur le balcon de l'Hôtel de ville. Dès qu'elle aperçoit le maire, la foule brandit ses pancartes. Elle se met à scander:

— On veut des arbres! On veut des arbres!

La force des cris fait reculer le magistrat d'un pas; il reste bouche bée devant l'ampleur de la manifestation. Toute la population est dans la rue.

Le maire scrute la foule. Il remarque une fille aux cheveux rouges. Grimpée sur un camion vidangeur, elle a l'air de diriger la manifestation:

— C'est Wondeur!... C'est celle qui est recherchée!... murmure-t-il.

Le maire se met à lire les pancartes des manifestants: «Pourquoi autant de déchets?», «À bas les oeillères!», «Fini les poubelles».

— Mais... Mais ils veulent tout changer! s'exclame le maire, exaspéré.

Les pompiers se sont joints à la manifestation. Sur un signal de Wondeur, ils font hurler les sirènes de leurs camions; toutes les cloches des églises se mettent à sonner en même temps. Le vacarme est épouvantable.

Sur son balcon, le maire se sent minuscule; il bat en retraite jusqu'à la salle à manger. Il se trouve nez à nez avec son épouse et le chef de police.

— Euh!... Je vais les laisser faire, ils finiront par se fatiguer, déclare-t-il d'un ton faussement dégagé.

**

Parfaitement ronde, la lune brille au-dessus de la ville-dépotoir. Sa lumière blanche éclaire la nuit et les manifestants. Elle éclaire aussi la chambre du maire qui fait de l'insomnie; il n'arrête pas de se retourner dans son lit.

Sous les fenêtres de la mairie, la manifestation tourne à la fête. Les manifestants ont apporté des vivres; ici et là, ils allument des feux et font griller des saucisses. On les entend chanter et faire

de la musique.

Wondeur a allumé le premier feu.
Assis à sa gauche, son père joue de l'har-
monica. À sa droite, il y a Moussa; le
garçon converse tranquillement avec la
vieille femme.

À travers les flammes, Wondeur voit
le conducteur du désinfecteur; il berce le
dernier-né de ses enfants. Près de lui, sa

femme s'occupe de leur autre fils; complice, elle rit avec le nain contremaître.

Un peu à l'écart, le plus petit des frères dort dans les bras du plus grand. Derrière eux, le journaliste griffonne sur son calepin noir; il écrit l'histoire de la manifestation.

— Demain matin, le maire nous recevra, pense Wondeur.

Juste à ce moment, un homme lance:

— Il faut brûler les oeillères!

Un frisson parcourt la foule.

— Faisons un feu de joie avec les oeillères! crie l'homme, debout sur le toit d'un camion vidangeur.

Une clameur accueille sa proposition.

— Par ici! Par ici! appelle le meneur.

Et il indique le feu autour duquel se trouve la bande de la pétition. Wondeur et ses amis se lèvent. Ils élargissent le cercle spontanément et un premier manifestant se présente. D'un geste solennel, il enlève ses oeillères; il les lance dans les flammes. Un autre l'imite tout de suite.

Comme s'ils s'étaient consultés, les manifestants s'alignent. Calmement, ils défilent devant le brasier. Chacun y jette ses oeillères; on dirait une cérémonie.

À côté de Wondeur, la vieille femme pleure, tellement elle est contente:

— Je n'aurais jamais pensé voir ça de mon vivant... murmure-t-elle.

Puis elle se met à battre des mains:

— Bravo! Bravo!

Sa joie est contagieuse. Les applaudissements se répandent autour du feu; ils se propagent parmi les manifestants. Au bout de quelques minutes, toute la foule applaudit. Des centaines de bravos, des milliers d'étincelles montent joyeusement dans la nuit.

La fille aux cheveux rouges n'a jamais rien vu d'aussi beau. Son regard croise celui de son père; et tous les deux, ils se sourient. Moussa se trouve toujours en face d'elle; il lui décoche un clin d'oeil.

Le feu grossit. Wondeur contemple la lueur des flammes qui dansent sur les murs de la mairie; elle voit s'ouvrir les volets d'une des fenêtres de l'édifice. Dans son pyjama rayé, le maire apparaît, l'espace d'une seconde; il referme aussitôt les persiennes.

***

Au petit matin, les oeillères sont en cendres; il n'en reste plus une seule paire dans la ville. Étonnés, les manifestants se réveillent et s'étirent; ils découvrent timidement le regard de leur voisin.

Un à un, les citadins émergent lentement de leurs sacs de couchage. Ils comprennent qu'à partir de maintenant, leur vie va changer. Ils savent que dans la ville-dépotoir, bientôt, les arbres vont pousser. Ils savent aussi que ces arbres donneront des fleurs au printemps; et que le maire ne pourra plus rien contre leur volonté.

Ce matin-là, les citadins se sentent libres. La peur les a quittés.

Table des matières

Chapitre I
Tiens, mon portrait! 9

Chapitre II
Mon coeur bat à reculons 21

Chapitre III
Moi, j'ai rêvé au maire 31

Chapitre IV
Je vous connais, vous deux 41

Chapitre V
Je réfléchissais 55

Chapitre VI
Espérons que ma recette est bonne 69

Chapitre VII
Il y a plein de monde dans la rue 81

Achevé d'imprimer
sur les presses de Litho Acme Inc.
1er trimestre 1991